歌集

あさきゆめみし

まえだのぶこ

風詠社

亡き吾子とあさきゆめみし歌の道
手探りにつつ傘寿に至る

目次

装幀　2DAY

入賞の短歌　その一

二〇〇〇年〜二〇〇八年

二〇〇〇年

老い支度　三度訪ねし城崎は　お湯はんなりと柳さやさや

（第二回　城崎百人一首　佳作入賞　安森敏隆選）

二〇〇一年

下駄の音　弾ませスキップしてみたり柳さやさや湯煙の中

（第三回　城崎百人一首　佳作入賞　安森敏隆選）

二〇〇二年

寂しいという友ありて吾もまた寂しいけれど慰めに行く

（石川啄木の短歌会　入賞）

サーティワン・シラブルス・ポエムと吾の告ぐ友さやさやと柳指差す

（第四回　城崎百人一首　佳作入賞　安森敏隆選）

二〇〇三年

たまゆらのえにしにあれど城崎は短歌詠む友に柳に逢える

（第五回　城崎百人一首　優秀賞 受賞　安森敏隆選）

二〇〇四年

不器用に生きる我なりさりながら外つくにびとの星降る便り

（ＮＨＫ全国短歌大会　入選）

象に乗り駱駝に乗りしフォートあり　この勇気だけわたくしのもの

（石上神宮新年短歌会　入賞　受賞　高　蘭子選）

二〇〇五年

しのび寄る老いのことなど思わずに遠き日本の未来を愁う

（ＮＨＫ遠野全国短歌大会　入選）

君が詠む短歌は標語のようだねとサファイア婚の夫は嘲る

（第一回　京丹後市京小町ろまん短歌大会　入選　沖　ななも選）

国東の響きいとしも亡き吾子と訪いしは終いの旅にしあれば

（第一回　くにさき弥生ノムラ短歌大会　選者賞　受賞　伊勢方信選）

歩道橋渡る人なくうらぶれてアルミの手すり夕陽に光る

（ＮＨＫ全国短歌大会　入選）

ほっこりと白き蟹の身取り出だす吾が特技なり城崎は雪

（第六回　城崎百人一首　佳作入賞　安森敏隆選）

夜来香　何日君再来　唄う姉　童帰りのその道すがら

三時まで　せめて居てよと身を捩り幼のごとく姉は甘える

（日本歌人クラブ全日本短歌大会　奨励賞　受賞）

すきやねん　いわれたことも忘れへん　そやけど今は飽きてしもうた

（益田市　人麻呂短歌大会　入選　篠　弘選）

白金も黄金も要らぬ黄昏れて　ないないづくしのまいまいつぶり

（第二十回　国民文化祭福井二〇〇五「短歌」入選）

時速二百キロ打ちつけられし黄球はもしや芝生に刺さりはせぬか

（第二回　ＮＨＫ京丹後市京小町ろまん全国大会　入選）

風呂敷に古道具和服包み込み母はかぼちゃを持ち帰りたり

（堺市文化協議会　堺短歌大会　堺歌人クラブ賞　受賞　村山美恵子選）

柴刈りに山へは行かぬ爺が居り吾も洗濯に川には行かず

（第二回　三輪山まほろば短歌会　優秀賞　受賞　前登志夫選
秀作　受賞　尾崎左永子選）

二〇〇六年

ペンパルも老いき返事はテレフォーン吾が耳　驢馬の耳になり行く

（ＮＨＫ全国短歌大会　入選）

ＯＳＡＫＡは小さき巴里とうとつくにの友は御堂筋　銀杏が好き

（大阪府立中之島図書館百周年　大阪百人一首　入選　道浦母都子選）

なんやかや過ぎてしもたらしょうもないなんてことない人生やった

（短歌研究二〇〇六年一月号　岡井　隆選　佳作入選）

鬣を振る獅子が居りこの国の未来毀すかヌーベル・バーグ

賛成がノアの箱舟に乗る切符　大河に流されいずこに着くや

諭されて髭を切られた猫のごと優等生ぶる青年議員

物言えど唇寒くならぬ世になりそうもない秋の夕暮れ

（短歌研究二〇〇六年二月号　岡井　隆選　佳作四首　入賞）

たたかいに挑んでいたのはわたしだと或る日気付きし青い棘だよ

悲しきは衰え見せる吾が心たたかう意志の薄れ行きたり

（短歌研究二〇〇六年三月号　岡井　隆選　佳作二首　入賞）

蟹の身も魚（とと）の骨さえ取らぬ夫サービス過剰を今更悔いぬ

（第七回　城崎百人一首　佳作　入賞　安森敏隆選）

五男五女　人間の森を育みし母を偲びぬ都会砂漠に

（隠岐後鳥羽院短歌大会　佳作　入賞　馬場あき子選）

子を持たぬ姉知らぬ間に養子取りおほなみこなみどんぶらこっこ

（短歌研究二〇〇六年四月号　馬場あき子選　佳作）

もし桃が流れてきても拾うまい　もはや子育て無理かも知れず

（第二十一回　九州山口短歌大会　佳作選者賞　受賞）
（短歌研究二〇〇六年五月号　馬場あき子選　佳作）
（平成十八年有田短歌会　山口九州大会　入賞）

その昔少し因縁ありし党　全面降伏ガセネタ騒動

（短歌研究二〇〇六年六月号　馬場あき子選　佳作）

この国は代える節目に至れども代わる代わらない代われば代われ

（短歌研究二〇〇六年七月号　高野公彦選　佳作）

解決の不可能なるを他人に放げ獅子は残りの任持て余す

（短歌研究二〇〇六年八月号　高野公彦選　佳作）

ポケットに温めいし手を夫は出し上り坂ヨイショの吾の手を引く

（第三回　京丹後市京小町ろまん全国短歌大会　佳作入賞　奈賀美和子選）

この坂を越えねばならぬ母を越え米寿に至れほころびし姉

ほころびさん呼べばにっこり笑む姉のうちはほんまにほころびてしもた

（短歌研究二〇〇六年九月号　新人賞予選通過作品）

神経の研ぎ澄まされし青年の心安かれ結審の日は

（短歌研究二〇〇六年九月号　高野公彦選　佳作）

カーネーションとつくにびとから届きたり丸髷フォートの母見つむ吾に

（日系国際文化祭『短歌の部』　佳作　入賞）

五男五女ぼんぼんこいさんこぼんちゃんいとさん以降は名前に呼ばる

（平成の歌会　佳作　入賞　永田和弘選）

砂糖黍噛みしあの夏思いつつアスパラガスの薄皮を剥ぐ

（短歌研究二〇〇六年十月号　石川不二子選　佳作）

朝夕の炊事手伝う吾を見て火ぃ吹きおのぶと兄は笑いき

（短歌研究二〇〇六年十一月号　石川不二子選　佳作）

二〇〇七年

もうそろそろおねんねしなよと亡き吾子の声を聴きたる二十五時かな

（二〇〇七年　ＮＨＫ全国短歌大会　入選）

リヤドロの人形はいつも本を読む同じ目線で同じ頁を

減食の途中経過を知る吾はフォルティッシモにショパンを叩く

眼の中に入れおきたしと願いしに子は召されたり背のニードル

船出してよりの霧笛の音絶えて月はキャビンをくまなく照らす

（『水甕』二〇〇七年一月号『特選詠草』入賞　村山美恵子選）

放射能飛来するのかしないのかハイビスカスは黄色く咲けり

（短歌研究二〇〇七年一月号　岡井　隆選　佳作）

ハーモニカを呼吸整え吹くときに脳細胞は蘇り来る

（短歌研究二〇〇七年二月号　岡井　隆選　佳作）

神様は少しお耳が悪いのか呼び鈴鳴らし拍手を打つ

空頼みの霧笛の中の船旅にくまなき月はフロリダに出づ

隠岐神社の建立昭和十四年を二年も古き生き物は読む

長生きは願わずと常に云いにつつ玄米ご飯無農薬野菜

（『水甕』二〇〇七年三月号　『特選詠草』　入賞　村山美恵子選）

ダーウィンの適者生存進化論読みつつ吾の過ぎ越しおもう

（短歌研究二〇〇七年三月号　岡井　隆選　佳作）

露天風呂に雪の雫が輪を描くしとしとぴっちゃん人の恋しき

（第八回　城崎百人一首　佳作　入賞　安森敏隆選）

刺し子する迷路に入り込んだよう炬燵カバーは年内にならず

（短歌研究二〇〇七年四月号　馬場あき子選　佳作）

騙される振りして軽く身をかはす七十年は無駄には生きぬ

（短歌研究二〇〇七年五月号　馬場あき子選　佳作）

平仮名のごとく若布の寄りている波打ち際の砂にまみれて

ダイエットのおやつ昆布を咀嚼して唾液は溢れ食欲増せり

胡蝶蘭の固き蕾はふうわりと舌出すごとく開き初めたり

幾歳を生き永らえると知らぬままモデル・ルームに後の夢見る

（『水甕』二〇〇七年六月号　『特選詠草』入選　村山美恵子選）

五男五女産みし吾が母機械ならぬ気概持ちにし明治の女

（短歌研究二〇〇七年六月号　馬場あき子選　佳作）

（歌壇二〇〇七年六月号　青木昭子選　秀逸）

温暖化は徐々に弱りし吾が姉を元気に陽気に強気に戻す

（歌壇二〇〇七年七月号　読者歌壇　秀逸入賞　青木昭子選）

地震来ると口つく癖のある吾を鯰年だと夫は宣う

巡航船絶えず行き交う駿河湾熱海鉱泉は無色透明

（短歌研究二〇〇七年　七月号　佳作　高野公彦選）

こんなにも子と言うものは良きものと示し給いて奪いしも神

本音まで尖った刃先で切ってみる母の形見の糸切り鋏

マダム美玲のオハイオ土産の万華鏡　過去も未来もからくりの中

（水甕二〇〇七年七月号　新人賞の惜しい作品　春日真木子選）

華麗なる大円舞曲弾き終えし吾は夕餉の小松菜を煮る

コキコキと鳴る節々も古希祝いバイエル七十四番を弾く

（水甕二〇〇七年七月号　詠草欄評　中川史子　評）

道端に花植え運動広まりて阿倍野パンジー村と化し行く
（NHK熊野田邊短歌大会　入選）

行水の母の豊かな乳房に胸の騒ぎし十三歳の吾
（短歌研究二〇〇七年八月号　佳作　高野公彦選）

命日にたこ焼きまあるく焼き上げるピンポンみたいと云いにし吾子に

（平成の歌会　入選　高野公彦　永田和弘選）（辞退）
（ＮＨＫ古今伝授短歌大会　特選　入賞　吉川宏志選）
（ＮＨＫ古今伝授の里短歌大会　岐阜県歌人クラブ賞）

ハイヒールに拘りし吾がプライドは外反母趾となりて残れり

（高野公彦選）

真夜中のヒールの音はマンションに響き渡りて隣家に止まる

信号を無視して渡るなにわ流　吾もいつしか流れに沿いぬ
（短歌研究二〇〇七年九月号　新人賞予選通過作品）

呆けし姉の記憶の中のひと雫　ついたち餅は今日も届きぬ

（ＮＨＫ別府短歌大会　佳作　伊勢方信選
佳作　古谷智子選）

水涸れの湖底に緑の芝生生ゆブラック・スワンは何処に行きしか

（短歌研究二〇〇七年九月号　高野公彦選　佳作）

初乗りのＱＥⅡは揺れ始めクローゼットはシャラシャラと鳴る
（短歌研究二〇〇七年十月号　石川不二子選　佳作）

争いてもすぐに謝る姉になり吾が腹立ちはぬくぬく積もる
（歌壇二〇〇七年十月号　佳作　米沢英男選）

延命は願わずと互いに云いにつつサプリメントの数また増ゆる

（歌壇二〇〇七年十月号　佳作　青木昭子選）

口元のうぶ毛の色が変わりたり詰襟服の少年の顔

（水甕二〇〇七年十月号　特選詠草　村山美恵子選）
（水甕二〇〇七年十月号　詠草欄　春日真木子選）

今朝二輪ハイビスカスは開きたり明日明後日の予定を数う

更正し成人したる男子より初夏にペルシャの絨毯届く

ハーモニカの息継ぎ毎に洗い髪を揺らして我は少女に還る

（水甕二〇〇七年十月号　特選詠草　村山美恵子選）

ひと言を交わすことなく半世紀を賀状行き交う初恋の人

長き足、褐色の肌に汗光る胸に翡翠のペンダント揺れる

七夕の願い記せる短冊は拒むが如く風に揺れたり

羽衣の天女の舞か洞爺湖に降り来る霧は総てを包む

（水甕二〇〇七年十一月号　特選詠草　村山美恵子選）

セピア色のうつし絵に見る五男五女母手作りし和服洋服

（二〇〇七年　東大阪短歌大会　佳作）

リヤドロの人形は姉の贈り物ときおり行水浴びさせに来る

（短歌研究二〇〇七年十一月　石川不二子選　佳作）

二〇〇八年

また来てね童返りの姉の声坂道登る吾の背を追う

（二〇〇八年一月　ＮＨＫ全国短歌大会　入選）

口元のうぶ毛見るたび変り行く詰襟服の少年の顔

（歌壇二〇〇八年一月号　槇　弥生子選　秀逸）

髪の毛の薄くなりゆくからみゆく人間模様を見ているように

（短歌研究二〇〇八年一月号　岡井　隆選　佳作）

土間に掘りし芋壕に土用波の来てプカリプカリと甘藷は泳ぐ

（短歌研究二〇〇八年二月号　岡井　隆選　佳作）

揶揄されて辞意撤回も何のその次の選挙に命をかける

（短歌研究二〇〇八年三月号　岡井　隆選　佳作）

新しきデスク・トップに吾が歌碑の柳さやさや城崎開く

（第九回　城崎百人一首　入賞　安森敏隆選）

泣き叫び乍ら「お母ちゃん嫌いやった」呆けし姉の本心を知る

（短歌研究二〇〇八年四月号　馬場あき子選　佳作）

亡き吾子のよき想い出が膨らみてパチンと割るる老いの現実

（三ケ島葭子　短歌の会　入選　秋山佐和子選）

一億分の一も譲らぬ頑固者と夫に言われき結露したたる

籠の鳥の暮らしの日々と思う吾に肩寄せあえる仲よとう夫

秋になれば訪ねる筈が秋になり春に訪ねる約束をする

蘭専用の液肥はピンクの色をしてオレンジ色の花を咲かしむ

（水甕二〇〇八年四月号　特選詠草　村山美恵子選）

振られにしルビのやうなる妻ならむ老いの暮らしの平和のために
（平成二十年明治神宮春の献詠短歌　佳作入賞）
（ＮＨＫ和倉短歌大会　佳作　佐伯裕子選）

ウエルカムとタペストリーに手を伸ばし原画の吾子は天国に待つ
（ＮＨＫ和倉短歌大会　入選）

飛田廓入り行きたるど真ん中タイム・スリップ半世紀なる

（短歌研究二〇〇八年五月号　馬場あき子選　佳作）

関西弁に『お早ようお帰り』叫ぶ吾を大家の婆はケタケタ笑う

（短歌研究二〇〇八年六月号　馬場あき子選　佳作）

真夜中のヒールの音はマンションに響き渡りて隣家に止まる

（美研インターナショナル発行『吟詠辞典』掲載）

安らぎを情欲の果ての虚無感に得たるか煙草を捨て去る男

（水甕　平成二十年度　新人賞選外作品　井谷氏評）

今も別の形で残る遊郭を歌う異色作。構成もよく考えられているが一首一首の深化がまだ不十分と思われる。

秋になれば訪ねる筈が秋に成り春に訪ねる約束をする

（水甕二〇〇八年六月号　四月号　詠草欄評）

別れる時、交わした約束もまだ果たさぬのにもう秋になってしまった。月日の過ぎるのは本当に早い。〈秋になれば訪ねる筈が秋になり〉と感慨が深い。そして今度こそ春には訪ねようと思う。しかし必然性の薄い約束は約束だけで終わることも多い。よく判る歌でありながら作者の心の痛みも感じられる。誰もが経験することである。

夜の更けに軽き発作の夫を見る吾より先に子に逢うなかれ

（短歌二〇〇八年六月号　公募短歌館　秀逸入賞　来嶋靖生選）

歌から案ずるに作者夫妻は子に先立たれたとわかる。逆縁の哀しみ、その辛さは経験した人でなくてはわからない、とよく言われる。ある夜、夫が発作を起こす。「軽き発作」と云いながら、作者は直ちに最悪のことを連想する。飛躍が過ぎるとも思うが、こういう愛情表現もあると思いなおし、認めることにした。

霜月の雪の夜息子の解剖の所見聞かさる取調室

（歌壇二〇〇八年七月号　読者歌壇　特選入賞　市原志郎選）

プロペラ機は厳戒の中着陸す白き林檎の花咲くブハラ

（歌壇二〇〇八年七月号　読者歌壇　特選入賞　川口美根子選）

ＣＤに「いちご白書をもう一度」聴きつつ逢いたし想い出の君

（短歌二〇〇八年七月号　公募短歌館　佳作　杜澤光一郎選）

命日にたこ焼きまあるく焼き上げるピンポンみたいと云いにし吾子に

（沖縄平和と祈り博　美研インターナショナル選歌）

地下鉄の三両目女性専用車赤きシートはがら空きである

（短歌研究二〇〇八年七月号　佳作　高野公彦選）

六年と六日の命なりしかど十月十日は吾が胎に居き

（水甕全国大会　選者賞　山形裕子選　入賞）
（水甕全国大会　選者賞　村山美恵子選　入賞）

外国便の荷造り吾は上手くなり夫の出番を奪い取りたり

（短歌研究二〇〇八年八月号　佳作　高野公彦選）

銀色の白髪風に靡かせて夫は胃カメラ飲みに行きたり

（ＮＨＫ郡上市古今伝授の里短歌大会　秀作賞　受賞　佐藤南生子選）

コヨーテの如き遠吠えする犬はＣＭドラマの父さん似である

（ＮＨＫ郡上市古今伝授の里短歌大会　入選）

真夏日の木陰歩めば極楽のあまり風吹く水無月の街

（平成の歌会　自由詠　佳作　高野公彦選）

押入れの天袋の中に入れられて十月余りは光も見ずに

三人官女五人囃子の笛太鼓　代りに婆はショパンを弾きぬ

（短歌研究二〇〇八年九月号　新人賞予選通過作品）

立像の眼光りて見ゆる日は散歩の足を止め合掌す

（短歌研究二〇〇八年九月号　佳作　高野公彦選）

紫の房に残れる指のあと母の形見の水晶の数珠

（歌壇二〇〇八年十月号読者歌壇　佳作　市原志郎選）

デパートの夏物売場のマネキンはギリシャ神話の裸婦の如く立つ

（歌壇二〇〇八年十月号読者歌壇　佳作　川口美根子選）

逆縁の未練断ち切る術知らぬ吾は地に立つ子は天に待つ

（沼津若山牧水短歌会　互選賞　受賞）

この坂を登れば登りは終わりだと言われ息急き切りつつ登る

小さき畑手入れの途中に渇く喉青き胡瓜をガブリと噛みぬ

（短歌研究二〇〇八年十一月号　佳作　石川不二子選）

熱を持つ薄型液晶の修理人『時々ＯＦＦにしておくが良い』

（歌壇二〇〇八年十一月号　読者歌壇　佳作　楠田立身選）

ほそき陽の葦戸越しに差込て縞々顔に夫は昼寝す

（歌壇二〇〇八年十二月号　読者歌壇　秀逸　楠田立身選）

（補整）ほそき陽の葦戸越しに差込て昼寝する夫の縞々の顔

一人旅が癖になりにし七十路のいつか迷いて帰り来ぬやも
（歌壇二〇〇八年十二月号　読者歌壇　秀逸　山本かね子選）
（補整）一人旅が癖になりたり七十路はいつか迷って帰らぬかもしれぬ

黄砂降る青き地球は見えるのか『きぼう』とう名のノアの方舟
（水甕二〇〇八年十二月号　年間回顧　詠草欄　春日真木子選）
「きぼう」宇宙国際ステーションに日本全国の眼が注がれた。地球は青いというが現実は黄砂で喘いでいる。なればこそ、地球の外側の「きぼう」を〈ノアの方舟〉と詠む。情報をよろこぶ態度から一歩思考を深めての作。

古希喜寿に傘寿米寿と揃いたる五男五女集う母の命日

（短歌二〇〇八年十二月号　題詠「集う」を詠う　蒔田さくら子選）

（古希喜寿に傘寿米寿と賑やかに並べ五男五女を育てた故人の生前も伝え、命日もめでたき作品）

かき氷は複数の蜜かけられてモンブランとう名に売られおり

（ＮＨＫ短歌コンクール　実作集中添削コース　秀作）

入賞の短歌　その二

二〇〇九年

二〇〇九年

隣席の異国夫人に吾が心捕えられたり英語の魅力

霜月の雪の夜息子の解剖の所見聞かさる取調室

夜の更けに軽き発作の夫を見る吾より先に子に逢うなかれ

逆縁の未練断ち切る術知らぬ吾は地に立つ子は天に待つ

（水甕　一月号　特選詠草　春日真木子選）

くぐもれる鳩の鳴き声ベランダに聞き立ち上がる初夏の朝

（短歌研究　一月号　佳作　永田和弘選）

かき氷は複数の蜜かけられてモンブランとう名に売られおり

（二〇〇九年度　ＮＨＫ短歌コンクール　秀作入賞）

留守電にいとしき人の声を聞くもう少し長く話して欲しい

（歌壇　二月号　佳作　山本かね子選）

一筋の潮の香りに誘われて無人電車に走る南港

（短歌研究　二月号　佳作　永田和弘選）

『雷鳥』に日帰り出張幾度か五十路の若さ今は恋しき

（短歌　二月号　公募短歌館　佳作　春日真木子選）

地下鉄の自動改札怖いよと言いし男子の四十路を励む

（短歌　二月号　公募短歌館　佳作　玉井清弘選）

カーテンの十センチ角のサンプルに春住む部屋の夢は揺れてる

終の棲家と決めたるタワーマンションの売れ行き悪し世界恐慌

重陽の節句に食用菊届く　食すに惜しき凛たる花弁

海鳴りと防潮林に吹く風に目覚めし母の命日の朝

（水甕　二月号　特選詠草　春日真木子選）

金婚の二人は空気とならずしてＤＮＡを互いに放つ

（歌壇　三月号　秀逸　鈴木淳三選）

（短歌　四月号　公募短歌館　佳作　三枝浩樹選）

年金はもう潰れると聞きながら偶数月の十五日を待つ

（歌壇　三月号　佳作　松川洋子選）

御堂筋は私と同じ七十歳まだまだお役に立ちそうですよ

（角川全国短歌大賞　大阪府賞　入賞　安田純正選）

老いし友元気元気と聞きながら冷たき夜に見舞いしたたむ

（短歌研究　三月号　佳作　永田和弘選）

こうのとり来世は運び呉るるやらふたりぽっちの城崎の旅

（第十回　城崎百人一首　優秀賞　入賞　安森敏隆選）

紀の川を越えればそうやのしという母の訛りの聴こゆる気配

（NHK学園　紀の川市短歌大会　秀作入賞　永田和弘選）
（NHK学園　紀の川市短歌大会　佳作入賞　松山　馨選）

ケアハウス土日祝日休みなく翁、おうなを集めておりぬ

マンションの一六五戸に絵馬、暦、配られ吾も氏子なるらし

人影のなき境内に大理石の二頭の神馬は嘶くごとし

大理石の神馬献上者の中に横文字二名の深く刻まる

（短歌研究　四月号　佳作　馬場あき子選）

回想と現実

モスクワに白鳥の湖観しものを黒鳥ばかりが脳裏に残る

今宵バレー明日は歌劇のソ連邦クロークは獣の臭いを放つ

雪深きプーシキン村を歩くとき羽毛ジャケットぷくっと膨らむ

呆け姉の言葉の鞭にメランコリー続けり幾夜の不眠となりて

真夜中の道路をハバネラ唄う男毎日同じ時間に通る

（日本歌人クラブ『風』一六三号『作品五首』三十五氏依頼うけ掲載さる）

オハイオの鶴

英字紙の小さきコラムにペンパルを求むとありき小火の如くに

オハイオに住む十五歳の少女なり英文タイプの便りを出しぬ

手書きなる英文スペルの正しくてジェリーと絆持ち始めたり

想像外の大雪積もる大地なる片田舎オハイオに若き友持つ

五年後に吾を訪い来し一人旅二十歳のジェリー美しき乙女

ホリディを日本に過ごすと来しのみに寝起き共にす三月の余り

日本食好みて食す可愛さに三月なれども母としありき

頼りなき吾が英語の身振り手振り理解をしつつ国内の旅に

帰る朝泣きて叫べる乙女子の別れの言葉知らずと云いき

十年後ニューヨークを訪いＷＴＣキャリアのジェリーの案内に頼る

片思い打ち明けられて千羽鶴祈りを込め折る夜を通して

あの鶴は『魔法の鶴』と結婚の夢の叶いて幸せ暮らし

義父を看る小姑との諍いに二人子を連れオハイオの実家に

裏庭に鹿も兎も蛍さえ瞬くジェリーのオハイオの家

辛き事悲しき事も過ぎ越して今しもジェリーの幸を見守る

地図上は六センチだと呼び寄せてナイヤガラに逢いし一九九九年夏

城崎の英語短歌に入賞を得たるジェリーは来日ならず

キャンサーに残り少なき日々と聞き千羽鶴送る頑張れジェリー

迷いつつやはり行くわと答えたりいとしき娘と鶴が待つゆえ

いとしきはオハイオの鶴折鶴を残し逝きたり吾の折鶴

〈水甕　新人賞　佳作六位　入賞〈平成二十一年度〉二十首詠　三年目の入賞〉

木製の机を列車の如く押し嬌声上げにし君の逝きたり

（ＮＨＫ学園　紀の川市短歌大会　秀作入賞　安田純生選）

隣家の双子の男子は同じ顔　挨拶する子　せぬ子と呼びぬ

（吹田市短歌大会　大会賞　藤川弘子選）

（歌壇　九月号　特選　玉井清弘選）

常に接している家族には区別のつく双子。時に背する他人には同じようにみえてしまう。双子の違いを「挨拶する子せぬ子」で区別するという点、なるほどと納得。双子でも性格はずいぶん違っているのである。

自分だけひとりぽっちと思い込む呆けし姉は夜来香唄う

（短歌研究　五月号　佳作　馬場あき子選）

眼を病みし吾にラストの編み物は幾何学模様の夫のセーター

（歌壇　六月号　特選　鈴木淳三選）

編み物が得意に主婦むであったのであろう。編んで家族に着させることが喜びであったのに眼を病んでしまった。もうこれが最後として夫のセーターを編んでいることが素材となっている。複雑な模様編みのものはもう編めないだろうが、幾何学模様なら何とかなりそうだ。そんな気持ちの揺れが言外に感じられる作品となっている。

母さんは夜なべをしない手袋を編んで呉れないと唄いし亡き子

（短歌　六月号　秀逸　大下一真選）

白マスクせし人多き地下鉄にウィルス揺れつつ近づきて来る

（水甕全国大会　選者賞　受賞　小畑庸子選）

死するとき握りていたき手はあるか夫は吾が手を吾は夫の手を

（短歌研究　六月号　読者佳作　馬場あき子選）

ペイオフを怖れて分けし定期預金終の棲家の支払いに崩す

（短歌研究　七月号　読者佳作　高野公彦選）

役に立つ心算で越えし七十路の坂は下りの急行である

（短歌　七月号　公募短歌館　佳作　沢口芙美選）
（短歌　七月号　公募短歌館　佳作　小高　賢選）
（水甕　九月号　詠草欄評（七月号）久保たか子評）

〈七十路の坂〉は、もっと緩やかな坂と思い、まだまだ人の役に立つことと、自分なりに計画を立てていたのに、その心づもりは大きく外れて〈七十路〉は急行列車のような勢いで坂を下る。自身もその早さにおどろいているのである。共鳴を呼ぶ作品である。

事務職のトラウマなるか文房具売り場に憩う老いの日の午後

（平成二十一年春ＮＨＫ短歌コンクール　入選）

遮光カーテン引かずに眠ると夫の言う百八十度に光る街の灯

（歌壇　八月号　特選　玉井清弘選）

闇の広がる田舎の夜は別として、都会の灯りは睡眠には邪魔。夫が「百八十度」に光る街の灯を浴びて今宵は寝ようというのは何か心に動くものがあったのだろう。住所を確するとマンション。大阪の明りを浴びてのひを夜を想像すると楽しい。

桃坂を上りて戻る我が家にはリヤドロ人形玄関に待つ

（短歌研究　八月号　読者佳作　高野公彦選）

窓の灯の夜更けに煌めくマンションはどんな職種の人住みたるか

吾の意の儘に動かぬロボクリーナー三日の留守を責めているのか

こんなにも悲しきことがあるものか手掴み御飯の姉は笑みたり

恋をして一人よがりのときめきに酔っていたらし穴の空く胸

（水甕　八月号　特選詠草　春日真木子選）

編み物に夢中になりて日が変わるこんな根気が未だ吾にある

（歌壇　九月号　秀逸　藤井常世選）

大阪城通天閣も低くなりそれを見下ろすマンションに住む

（ＮＨＫ古今伝授の里短歌大会　入選）

城崎に入選短歌の吾が五句をレナタ覚えし柳さやさや

英文短歌添えし便りの届きたり説明訂正国際電話に

（短歌研究　新人賞予選通過作品）

七十米上空たりともウィルスは飛んで来るのか風に舞いつつ

放課後のクラブ活動青春の声響き来る高層階に

金メダル獲得しきと垂れ幕の残りし清風高校校舎

ディスポーザー残材整理の優れもの生芥の無き暮らしに慣れる

（水甕　九月号　特選詠草　春日真木子選）

手を洗い嗽続けし何十年ウィルスうろうろ吾が周り舞う

（短歌研究　九月号　佳作　高野公彦選）

二百万世帯がデジタル対応を出来ぬアメリカ経済大国

（歌壇　十月号　秀逸　玉井清弘選）

呆けの姉はＭＲＩに二十分入る検査の月に一度は
ギーゴトゴト私の脳もＭＲＩに輪切りされたり検査を終わる
（短歌研究　十月号　佳作　石川不二子選）

病む友に吾もかくかく弱りしと小さき嘘に慰めをする

（ＮＨＫ和倉温泉短歌大会　入選）

真っ直ぐに縫われし母の手の跡を確かめながら虫干しをする

（第五十六回　沼津牧水短歌大会　互選賞　沼津朝日新聞社賞）

雨の中帰途に付きしかうちの人どうでもええけどちょっと気に懸かる

（歌壇　十一月号　特選入賞　内田　弘選）

大胆に方言を取り込んで、それが生き生きとした実感の表現となっている。個性的な歌となった。「どうでもええけど」の表現がよいではないか。そして、結句の「ちょっと気にかかる」纏め方として巧い。このような語り口を生かした歌も現代を如実に表現している。

すべき事山と積もれる老いの日々ジグソー二千ピース完成

（短歌研究　十一月号　佳作　石川不二子選）

当たり籤の番号叫ぶ地蔵盆上町台の旧きしきたり

音量を上げしマイクの『雄叫び』も二十一階に届くことなし

召されたる吾子天国に在りませば七十米近づき暮らす

かぁかぁと空行く鳥の鳴き声も新型インフル怯えるごとし

（水甕　十二月号　特選詠草　春日真木子選）

入賞の短歌　その三

二〇一〇年

二〇一〇年

白木床いつまで綺麗に保つかがわれらの課題終の棲家の

（歌壇　一月号　読者歌壇　特選入賞　沖　ななも選）

新しく建てた家の白木の床がいつまでもきれいでいられるか、掃除を怠るとすぐに黒んでしまうかもしれない。終の棲家として建てた家だからいつまでも新しいままむ使いたい。新築の家の、うれしいような心配事を詠んで面白い。

エレベーターに逢いし階下の健太君　僕は蟋蟀飼っているんだ

（短歌　一月号　題詠「蟋蟀」を詠う　大塚布美子選）

娘婿リンパ腺腫と便りありウエリントンの米寿の友ゆ
Please pray for him と続けり千羽鶴要求のサイン
千羽鶴綴るに根気鋭気要り鶴も痛かろ吾の指も又
（短歌研究　一月号　佳作入賞　永田和弘選）

月影の窓の形が床に照り夫と影踏みしばし戯る

雲に乗り飛んで見たきと思うなる七十米上空の景色

タワーマンション世界不況を怖れたる売れ行き進む残二十戸に

エレベーターに逢う人の皆挨拶をしつつ穏しき集合住宅

（水甕　一月号　特選詠草　春日真木子選）

地下鉄の隣の若きに負けられず吾も打ちたり英語のメール

（短歌研究　二月号　佳作入賞　永田和弘選）

（二〇一〇綜合年刊歌集　短歌研究社　掲載作品）

受信送信英語の並びしケイタイは老人専用大文字である

（短歌研究　二月号　佳作入賞　永田和弘選）

姿見せず行き交う電波にロスよりの月下美人の写し絵届く

雑音の聞こえぬ日曜午前中夫読誦の聖書が響く

見渡せば半円径の地平線　尖らず生きたし丸きこの地球

高層の住まいは街の灯の海に浮かべる小島のごとし

（水甕　二月号　特選詠草　春日真木子選）

正しきはどちらか判らなくなりぬ夫と議論の長く続けば

（短歌　二月号　公募短歌館　佳作　秋山佐和子選）

ミラーに映るグッドルッキングの男子なら得せし気分の美容院の午後

（歌壇　三月号　特選入賞　安森敏隆選）

この歌の、カタカナが「ミラー」と「グッドルッキング」の二ケ所に使われており、特に「グッドルッキングの男子」（良いルックスの男）が、違和感もなく使われているところが心憎い。作者は「美容院の午後」をまことに楽しんでいるのだろう。「男子」は「おのこ」とよませたい。

マスクせし人モグモグと話すから吾もモグモグ答えておいた

（歌壇　三月号　佳作入賞　久々湊盈子選）

いつの日か白木床には滲みがつき構わず生きる運命であろう

（短歌研究　三月号　佳作入賞　永田和弘選）

姥捨ての冠着山の月明かり今も照らすか親不孝共を

死ぬ死ぬと言いてなかなか死なぬ姉彼岸花はもう咲きしかと問う

余生十年三千六百五十日に閏年三日足してみる夜更け

会計は昔取りにし杵柄と安請け合いに雑務の数多

（水甕　三月号　特選詠草　春日真木子選）

電力株の千株を売りウエリントンの米寿の友を訪ねる思案

（短歌　三月号　公募短歌館　佳作　三井ゆき選）

温泉の湯気の中から見えてくる背中美人の影二つ三つ

（第十一回　城崎百人一首　佳作　安森敏隆選）

この道は黒谷さんへ続く道曲がりて行かむ吾子待つ墓地に

（歌壇　四月号　特選入賞　安森敏隆選）

心躍るような、楽しい出会いが待っているのではないかと思って読んでいくと「吾子待つ墓地」であった。とてもうまい結句へのつなぎである。「黒谷さんのさくら」と呼ばれ親しまれている京都の金戒光明寺の極楽橋から文殊塔へ続く道を歩かれているのだろうか。

浴槽に首まで浸かり居る姉のいよよ小さく細く侘しき

（短歌研究　四月号　佳作入賞　馬場あき子選）

うす紅のデンドロビュームの新しき茎の五本がゆっくりと伸びる

夢を見しか「おーい」と寝言を発す夫　老いという闇に入りて居るか

声にして長く祈りし義父を見き一人遊びの吾子の眼差し

空の中の住まいですねと師の便り吾はひととき天女となりぬ

（水甕　四月号　特選詠草　春日真木子選）

インバネス羽織し父は空を飛び高層階の我が家を覗く

（歌壇　五月号　特選入賞　久々湊盈子選）

インバネスとはケープ付の男子用外套のこと、昨今では見かけることもなくなったが、インバネスを愛用しておられた父上が自在に空を飛んで高層階に住む作者の住まいを覗くという。奇想天外のようだが敢えて夢などと言わず、「我が家を覗く」と言い切って意表をつく歌にしている。

（短歌　六月号　題詠『空』　楠田立身選）

他界から見守る父の面影を上句で克明に描いた。

（水甕　六月号　特選詠草　春日真木子選）

薮入りの実家に集い協議する呆けし姉の介護当番

（歌壇　五月号　佳作入賞　安森敏隆選）

ひとりがええ気遣いせずに楽やから見栄を張りたり呆けし姉は

（短歌研究　五月号　佳作入賞　馬場あき子選）

煌めける街の灯りを海と見て今宵出船だ名残は惜しき

（短歌　五月号　公募短歌館　佳作入賞　岡井　隆選）

心地よく風呂場に歌う恋歌を『大丈夫か』と夫は案じる

（短歌　五月号　公募短歌館　佳作入賞　松阪　弘選）

入道雲が吾を待つ姉の形となり車窓に浮かぶ介護の往路

（平成二十二年度　葭子短歌賞　入選　秋山佐和子選）

（ＮＨＫ介護百人一首　入賞　安森敏隆選）

温室の如き高層吾が住まいＮＡＰと洒落て事の進まず

一数字違う国際交流館片言に架かる宿泊予約

ジャカランダ今が盛りとネットにて薄紫のフォト届けり

ジャカランダ南洋の桜と楽しみき初老の頃の遊学の日に

（水甕　五月号　特選詠草　春日真木子選）

大邸宅の華やぐ暮らしに終止符のレナタはシニア・ヴィレッジに移る

（歌壇　六月号　読者歌壇　佳作　安森敏隆選）

ステッキの柄を首にかけ連れ戻す父はお転婆の吾を案じき

（短歌研究　六月号　佳作入賞　馬場あき子選）

義人　弥次右衛門

吾が父祖は異議申し立て島流しお家取り毀しの裁決を受ける

伊佐波神社石碑に刻まる長き文　夫と訪いたり尼崎潮屋

（水甕　新人賞　六月号　掲載記事　藤川弘子批評）

水甕新人賞のうち、惜しくも選外となった人意欲作である。幼時より繰り返し聞かされて育った、父祖弥次右衛門の話は興味深い。具体的に正確に伝えようとすればするほど、漢字が多くなり、表現が硬くなるのは工夫が必要。

鉢植えの蘭はミネラル・ウォーター吸い込み元気出で来る二月

インバネス羽織りステッキ中折れ帽亡父は明治十年生まれ

父逝きし生家近くの吾が新居選びしは夫　父の呼びしか

（歌壇　七月号　読者歌壇　特選入賞　久我田鶴子選）

からす麦のパンを千切りて食む朝の夫の唇四角くなりぬ

からす麦は燕麦の別称。畑の雑草から作物化され、日本には明治初期に導入されたらしい。からす麦から作ったパンを千切って食べている夫の口元を見つめている作者。唇が四角くなったというのは、作者の発見だ。

（水甕　十一月号　特選詠草　春日真木子選）

明日の分買って欲しいと言いし子の遺品の中のグリコのおまけ

（水甕全国大会　近江　井谷まさみち選者賞）

（水甕全国大会　近江　互選賞　第七位）

芝刈り機錆びたるままに空家ありかってニュータウンと呼びし街角

（歌壇　七月号　読者歌壇　秀逸　柏崎驍二選）

蕗の薹を野菜売り場に探す吾　長生きしたきと言う姉のため

（短歌研究　七月号　短歌　詠草　佳作　高野公彦選）

銀色に光る白髪靡かせて夫は胃カメラ飲みに行きたり

（短歌　七月号　題詠『風』を詠う　稲葉峯子選）

つらいことを楽しさに転換するのは作者の精神力です。

つつましき老いの暮らしにアボガドの刺身もどきが食卓に載る

クラブ会計引き受けしより時折に家中の床拭き呉れる夫は

幸福な夫婦を演じている内に老いという不幸に陥る気配

冬の夜の火鉢に餅を焼きながら母の読みにし百人一首

（水甕　七月号　特選詠草　春日真木子選）

父の来て母の出で来し夢枕　呆けし姉を明日は訪うべし

（ＮＨＫ和倉温泉短歌大会　入選）
（歌壇　八月号　読者歌壇　秀逸　柏崎驍二選）
（開府四百年記念ＮＨＫ名古屋短歌大会　入選）

夫が背を押してくれたるブランコに屋根の向こうの五重の塔見ゆ

（歌壇　八月号　読者歌壇　秀逸　久我田鶴子選）

母よはは和服仕立てに長けし母　髪の毛に箆をこすりし母よ

音階に天然の美を唄う母そっと陰から聞きしソプラノ

情に竿さし過ぎ流され行く吾におっとと止める別の吾居り

花冷えの続く卯月の朝起きに母の形見の茶羽織羽織る

（水甕　八月号　特選詠草　春日真木子選）

聞かれ居る電話内容他あいなき井戸端会議と夫は思わず

（短歌研究　八月号　短歌研究詠草　佳作　高野公彦選）

風呂敷に和服古道具包み込み母は南瓜を持ち帰りたり

（ＮＨＫ名古屋短歌大会　題詠　佳作　古谷智子選）

おやすみと握手する癖その度に「平熱だね」と夫は言いたり

（歌壇　九月号　読者歌壇　特選　久我田鶴子選）

御仕置書に書かれし召し上げ上々田一町五反六畝八歩五里十七

（短歌研究　新人賞予選通過作品　平成二十二年度）
（二〇一〇綜合年刊歌集　短歌研究社　掲載作品）

逃散百姓御仕置書には重追放　浜村弥次右衛門溜死と記さる

（短歌研究　新人賞予選通過作品　平成二十二年度）
（二〇一〇綜合年刊歌集　短歌研究社　掲載作品）

麗しき若葉青葉の延暦寺梵鐘を突く祈りを込めて

（短歌研究　九月号　短歌研究詠草　佳作　高野公彦選）

あるかなき風に揺らぎぬ柳の葉七十米上空より見る

尖りたる先を差し入れ紙を裂く誰の土産かペーパーナイフ

木製の盥に日向水を張り行水の母の乳房眩しき

月光の中に戸建ての屋根を見るヴァイオリン弾く男は見えず

（水甕　九月号　特選詠草　春日真木子選）

いつ来るか一人暮らしの将来に例えばレトルト・カレーの一食

（短歌　九月号　公募短歌館　佳作　篠　弘選）

火の如く前後忘れし青春を呆けし姉は語りて止めぬ

（ＮＨＫ郡上市古今伝授の里短歌大会　題詠　入選）

「寒いよう」ウエリントンの友は今日　新雪積もると電話に叫ぶ
（歌壇　十月号　読者歌壇　秀逸　久保田鶴子選）

淋しいと吐露出来ぬ女哀れなりに時間電話の向こうの笑い
（短歌研究　十月号　短歌研究詠草　佳作　石川不二子選）

使用期限迫る株主優待券志摩にマンボウ観に出かけたり

「苦髪楽爪」母の口癖思いつつ楽して伸びし長き爪切る

少女期の夢見し間取りそのままの終の棲家に夫と暮らせり

夕暮れの長き電話の向こうから般若心経木魚が響く

（水甕　十月号　特選詠草　春日真木子選）

余生とは余りし生と言い聞かせ怠けるための言い訳にする

（短歌　十月号　短歌公募館　佳作　秋葉四郎選）

気に入らぬ夫の動作も言の葉も亡き子老いしと思えばいとし

（堺市短歌大会　入選　神谷佳子選）

七十歳過ぎて始めし日本語をスラスラ語るアメリア・フィールデン女史

注射一本打たず投薬の若き医師みつきに血糖値正常とせり

採血の終わりし午後は蓬大福の小さき一つ褒美に食す

（水甕　十一月号　特選詠草　春日真木子選）

頑固な姉如何に優しく諭しても一人が楽や一人で暮らす

（短歌研究　十一月号　短歌研究詠草　佳作　石川不二子選）

鰐の背を渡りし因幡の白兎ごとく生きにし友の逝きたり

（歌壇　十二月号　読者歌壇　特選　永平　緑選）

逝かれた友の死を冷静に受け止めてうたわれている。しかも友の生前を、因幡の白兎にたとえられた。表面と内面とは少し違うことを指して、複雑な友の生涯を淡々と。やはりこれも友情の一つの姿か。

ピカドンと聞きし小学三年生もうすぐ後期高齢者になる

七十路坂越えて見たるは恋の夢　目覚めし鼓動に驚きて居り

採血の終わりし朝は取り敢えず蓬大福一つを食みぬ

極楽の余り風吹く葉月尽　熱中症の姉も癒えたり

（水甕　十二月号　特選詠草　春日真木子選）

入賞の短歌　その四

二〇一一年

二〇一一年

入道雲が吾を待つ姉の形となり車窓に浮かぶ介護の往路

（ＮＨＫ介護百人一首　入賞　安森敏隆　春日いずみ選）

マンションの建設反対に敗れたる空き地に背低き泡立ち草茂る

（歌壇　一月号　読者歌壇　佳作　永平　緑選）

隠岐の島にスラックス姿の裕子氏は夫君の傍に寄り添い居らる

『コスモスの咲く頃までは』を額に入れ旧仮名遣いのお手本にする

（短歌研究　一月号　短歌研究詠草　佳作　永田和宏選）

延暦寺梵鐘響く夕まぐれ一打五十円連打は禁止

広場より揚がりし凧は糸の切れ高層我が家のベランダに着く

『先に逝く』夫の言いたり『吾も逝く』後始末だけ残るじゃないの

ソムリエは流氷群に指を差し『オンザロックは如何』と笑みぬ

（水甕　一月号　推薦一月集　藤川弘子選）

マイクロ波を朝のキチンに唸らせて夫はミルクを温めており
（短歌　一月号　公募短歌館　佳作　池田はるみ選）

大阪市水道局の水道水『ほんまもん』やと自販機に売る
（短歌　二月号　公募短歌館　佳作　池田はるみ選）

十九個の防空壕のある延坪島に爆撃続くとニュース速報

書写山の茶屋に購ういちじくの『ぐらっせ』妙にひらがな使い

（短歌研究　二月号　短歌研究詠草　佳作　永田和宏選）

冬の陽の差し込むベッドに大の字の夫は干物になるかも知れぬ

（歌壇　三月号　読者歌壇　特選　斉藤すみ子選）

冬の陽の差し込むベッドに、夫はかなり長い時間を大の字になって寝ていたのであろう。疲れているのであろう夫を労わりながら、でもそんなに寝ているとと干物になるという連想が傑作。長い歳月を夫と過ごした人の自信と包容力が見事だ。

ポシェットを襷がけにし恥じるなき引ったくり防止のおおさかの街

（短歌研究　三月号　短歌研究詠草　佳作　永田和弘選）

「生きていたん」呆けし姉に言われたり昨日縺れし髪梳きやりしを
百人待機施設面接に合格の姉の入所は来夏と言わる
（短歌研究　四月号　短歌研究詠草　佳作　馬場あき子選）

新築の終の棲家の吾が部屋壁に麦わら細工のコウノトリ飛ぶ

（城崎百人一首　入賞　安森敏隆選）

葉の先が巻きひげとなる六弁花グロリオーサは宙に舞い立つ

（短歌　四月号　公募短歌館　佳作　春日真木子選）
（歌壇　五月号　読者歌壇　特選　斎藤すみ子選）

グロリオーサは、ユリ科の蔓性多年草と辞書にある。蔓が互生して笹の葉状のようだ。その葉先が巻きひげになるというユーモラスで、興味をそそられた。六弁花が『宙に舞い立つ』の描写からは、作者の溌剌とした性格が見えてくる。

ストレスが衝動買いを誘うのか介護帰りのショッピング癖

（歌壇　五月号　読者歌壇　佳作　上河原紀人選）

静けさに吾が住む街は包まれて今宵救急車のサイレン聞かず

（短歌研究　五月号　短歌研究詠草　佳作　馬場あき子選）

英文のメール受信の続く日は吾が親指の爪が減り行く

（短歌　五月号　公募短歌館　佳作　春日真木子選）

熱中症危篤の姉は閻魔様にまぁだだようと返されてきた

（三ケ島葭子短歌大会　入選　秋山佐和子選）

棹竹屋の阿漕とニュースを聞きてより棹竹売りの声を聞かざり

（歌壇　六月号　読者歌壇　秀逸　斎藤すみ子選）

すぐ怒る夫と思いし幾年か穏やかになる老いに向う日々

（短歌研究　六月号　短歌研究詠草　佳作　馬場あき子選）

穏やかになりし老夫は十日間休暇を呉れき一人旅立つ

（短歌　六月号　公募短歌館　佳作　春日真木子選）

ロンドンにチェルノブイリの事故聞きしふた昔前は他所事でありき

（短歌研究　七月号　短歌研究詠草　佳作　高野公彦選）

ビンラディンその名を忘れかけし時殺害さるとテロップ流る

パキスタン・アボタバードの高き塀の内にありしか家族団欒

（短歌研究　八月号　短歌研究詠草　佳作　高野公彦選）

惣菜の量の多さを言う夫の胃腸も皺の寄り始めしか

（歌壇　八月号　読者歌壇　特選入賞　沢口芙美選）

年を取ってくるとだんだん食べる量も少なくなってくる。『おかずが多すぎる』とは食欲が落ちたという事。顔に皺が寄るように『胃腸に皺が寄る』と表現しているのが作者の工夫でありおもしろみとなっている。成る程と思う。『お惣菜』のおは不用だろう。

左手の親指に油出ずるかと言われし伝票捲るはやわざ

（短歌　八月号　公募短歌館　佳作　古谷智子選）

床の間にリヤドロ人形七体が置かれしままの姉棲みし家

いつの日か施設出でたし抜け出すと魔法使いの顔の姉言う

（短歌研究　九月号　新人賞予選通過作品　三十首出詠）

皮膚癌の手術と聞きて千羽鶴祈り込めつつ折り始めたり
（短歌研究　九月号　短歌研究詠草　佳作　高野公彦選）

始末屋の姉の浪費の始まりを認知症へのサインと知らず
（短歌　九月号　公募短歌館　佳作　古谷智子選）

またひとつ苦の種拾う特養に入所の姉の保証人とう

（歌壇　十月号　読者歌壇　秀逸入賞　山下　司選）

何を是と生きていくのか大震災　この後に起こる自然の恐怖

（短歌研究　十月号　短歌研究詠草　佳作　佐々木幸綱選）

節電を拒否の姿勢か隣家のエアコン四六時唸り続ける
（短歌　十一月号　公募短歌館　佳作　秋葉四朗選）

葛城山は夕陽に映えて金剛山を見下ろす如く聳えておりぬ
（短歌　十一月号　公募短歌館　佳作　沖　ななも選）

小児喘息癒ゆる事なく妻娶り娘二人に孫四人の兄

（短歌研究　十一月号　短歌研究詠草　佳作　佐々木幸綱選）

明日の朝二人は『オハヨウ』と起きられる保証なけれどGOD BE WITH YOU

（歌壇　十二月号　読者歌壇　佳作　古谷智子選）

もくもくと広がる入道雲見れば逢いたき人の顔浮かび来る

（短歌現代　十二月号　読者歌壇　佳作　波汐国芳選）

入賞の短歌　その五

二〇一二年

二〇一二年

蟷螂の鎌振り上げる絵手紙に畑仕事の友の意気込み

（歌壇　一月号　読者歌壇　特選　古谷智子選）

絵手紙はハガキの画面いっぱいに溢れんばかりの絵手紙が多い。この蟷螂もきっと勢いよく鎌を上げているのだろう。その大らかで力強い勢いに友の健在と、畑仕事に向う意欲をみている作者だ。ハガキを見て励まされた作者の思いが、この歌の読者にも十分に伝わってきて励まされる。

性格の違いはいつか似て来ると淡い期待の歳月が行く

（短歌　一月号　公募短歌館　佳作　篠　弘選）

敬老の施設の催し式次第利用者代表謝辞に姉の名

（短歌研究一月号　読者詠草　佳作　永田和宏選）

神様の留守を狙いて咲くさくら九度山柿の実の熟れる頃

（歌壇　二月号　読者歌壇　佳作　田野　陽選）

観覧車ゴンドラに見る街景色ビルの谷間の一瞬なれど

（短歌研究二月号　読者詠草　佳作　永田和宏選）

チューリップ好みし吾子の墓参り赤白黄色と小声に唄う

（短歌　二月号　公募短歌館　佳作　三井ゆき選）

ブリキ製ロボット出で来る玩具箱封印を解く子の命日に

ロボットは眼光鋭く光らせて煙吐くなり電池換えれば

ポロポロとグリコのおまけの数々のオープンカーにトラック出で来

明日の分買って欲しいと言いし子の遺品の中のグリコのおまけ

霜月尽温き陽の差す八戸ノ里　友誘い呉れし豆玩館に

（短歌研究　三月号　読者詠草　準特選　永田和宏選）

子供の命日にその玩具箱を開け、悲しみを新にした。一首目、「ブリキ製ロボット」三首目「グリコのおまけ」などいずれも悲しく不憫である。四首目にあるように、毎日ねだっていたのであろう。二首目のように「電池換えれば」まだ動く所が哀しい。主のいない玩具たち。

ガラス拭くゴンドラ降り来て大男立つ嵌め殺しの寝室の窓

（歌壇　四月号　読者歌壇　秀逸　森山晴美選）

生命線もう死に頃と見えるのに細き枝線の手首に伸びる

（短歌研究　四月号　読者詠草　佳作　馬場あき子選）

放課後のトランペットが響きたるスターダストの一節を聞く
（三ヶ島葭子短歌賞　入選　秋山佐和子選）

義父義母の以前に吾子の名の彫らる共同墓地の銅板擦る
（短歌研究　六月号　佳作　馬場あき子選）

こんなにも子というものは良きものと示し賜いて奪いしも神

（短歌　六月号　題詠　入賞　喜多弘樹選）

インバネス羽織りし父は空を飛び高層階の我が家を覗く

（現代短歌新聞　六月号　平成二十三年自選一首掲載）

目の届く範囲にいつも居る夫と月月火水木金キーン

（歌壇　七月号　読者歌壇　特選　御供平蔵選）

軍歌「月月火水木金金」はご主人の世代か。定年退職で毎日が日曜の夫の面倒を見る妻こそ今や土日もない毎日である。面倒はかけても何もしてくれない『粗大様』を相手に、溜りにたまったストレスが『キーン』に象徴される。自分にとって妻は永年の安らぎの対象だが、これが甘えか。

桜散る北鮮ミサイル失敗を認めしＮＥＷＳの裏に潜める

（短歌研究　七月号　佳作　高野公彦選）

気付かずに人の心を傷付けし遠き日思う黄昏の空

（短歌　七月号　公募短歌館　佳作　来嶋靖生選）

背に負いし友の女孫の高体温カチカチ山の狸か吾は

（短歌　七月号　公募短歌館　佳作　松坂　弘選）

みじん切りの茎をご飯に混ぜ握り青き菜をもて包む目張り寿司

（短歌研究　八月号　読者詠草　佳作　高野公彦選）

卒壽なる姉は斑の呆けにあり都合よく呆け不都合に覚ゆ

（短歌　八月号　公募短歌館　佳作　松坂　弘選）

カレンダー捲りて呉れる夫の居て宵の内から文月となる

（現代短歌新聞　第五号　読者歌壇　入選　橋本喜典選）

余生とは余りし生と言い聞かせ怠ける為の言い訳とする

（歌壇　八月号　読者歌壇　秀逸　中野照子選）

余生とは余れる生と言い聞かせ怠ける為の言い訳とせん
一読して思い深く、且つたのしくもある歌。作者がしのばれます。『余りし』は『余れる』『余りたる』など、現在形にした方がよろしいのでは。

クラス会　特に女性の出席を乞うと案内に朱書きされたり

男子校に女子入校の七期目のクラス五人の女生徒でありき

逢いたくてたまらないとう友も無く酒の肴になりたくもなし

（短歌研究　九月号　短歌研究詠草　高野公彦選）

熱帯夜水分補給のままならず虫の息なる姉を見つけぬ

重湯飲み込み始めし姉にして二時間要す一杯の粥

（短歌研究　九月号　新人賞予選通過作品）

吾が料理を一番だよと言う夫の煽てに乗りてエメラルド婚に

（歌壇　十月号　読者歌壇　秀逸　中野照子選）

資源無き日本に朗報齎すかメタン・ハイドレード海中の泡

（歌壇　十月号　読者歌壇　佳作　志垣澄幸選）

柴刈りに山には行かぬ爺が居り吾も川へは洗濯に行かず

鰐の背を渡りし因幡の白兎のごとく生きたる友の逝きたり

染み皺も香蒲の穂綿にくるまればわたしはもとのわたしになれる

（短歌研究　十月号　短歌研究詠草　佐々木幸綱選）

五目寿司のかやくを刻みいる音の聴こえるような歌集読み居り

（堺短歌大会　堺歌人クラブ大賞　上田　明選）

口数の少なき未婚の子息との会話求めてメダカ飼う友は

（堺短歌大会　入賞　間鍋三和子選）

かにかくに絶えざる大小地震の起き鯰の予知力当てにはならず

（短歌研究　十一月号　佳作　佐々木幸綱選）

延暦寺梵鐘響く夕まぐれ一打五十円連打は禁止

（短歌　十一月号　佳作　奥村晃作選）

自らの好物揃え祝うなり子を持たぬ身に敬老の日を

（現代短歌新聞　第八号　読者歌壇　佳作　橋本喜典選）

県境の山の畑の初掘りの小粒馬鈴薯友より届く

（ＮＨＫ北九州市短歌大会　入選　玉井清弘　他選）

柔道はＪＵＤＯと姿変えにしか『待て』の多くて寝技のならず

（短歌　十二月号　佳作　秋山佐和子選）

入賞の短歌　その六

二〇一三年

二〇一三年

気に入らぬ夫の仕草も言の葉も亡き子老いしと思えばいとし

（歌壇　一月号　読者歌壇　特選　大平修身選）

長年、連れ添った夫婦も年月と共に、いろいろ目に付くところが多くなる。それを嫌っていても改善の道はないのだが、『亡き子老いしと思えばいとし』の下句が健気で心を打つ。思いよう一つで明るく生きられるコツというものか。

オーダーは待たずにボタンを押すのよと隣の席の若きが告げる

（短歌研究　一月号　読者詠草　佳作　永田和宏選）

尖閣に漁船千艘押し寄せるニュースは伝え漁船現れず

（短歌　一月号　読者詠草　佳作　大島史洋選）

要介護とならず生きたし後十年近頃少し動きが鈍い

（短歌研究　二月号　読者詠草　佳作　永田和宏選）

歯科医院いそいそ働く衛生士こんな娘を子を盗ろ子盗ろ

（短歌　二月号　読者詠草　佳作　松平盟子選）

親孝行せざる者たち寄り合いて詫びを言うのか酒飲みながら

（短歌研究　三月号　読者歌壇　佳作　永田和宏選）

五男五女産みし曾祖母を偲ぶのか出産立会いときめきを言う

（短歌研究　四月号　読者歌壇　佳作　馬場あき子選）

職退きて寝言に怒鳴ることの無き夫となりたりストレス解消

（短歌　四月号　題詠『声』を詠う　入賞　村山美恵子選）

兄は居ず一人で帰る田舎道　疎開の子だと言われしあの日

（短歌研究　五月号　短研詠草　佳作　馬場あき子選）

哀しみを携えるごとく柔らかく雨に煙れる和泉山脈

（短歌研究　六月号　短研詠草　佳作　馬場あき子選）

限りなく続く非常階段の北向きの灯を高層に見る

（現代短歌新聞　六月号　読者歌壇　佳作　倉林美千子選）

死者の数を倒壊家屋を言う学者数字遊びは殺生なだけ

（現代短歌新聞　七月号　読者歌壇　佳作　倉林美千子選）

ロシア民謡弾ける訳でもないけれどウクライナに購いしバラライカあり

（短歌研究　七月号　短研詠草　佳作　高野公彦選）

六歳に逝きにし吾子は左利き逆さ文字なるママへの手紙

（歌壇　八月号　読者歌壇　秀逸　松阪　弘選）

六歳に逝きにし吾子は左利きママへの手紙逆さ文字なる幼くして亡くした子供へのメッセージ。よい内容で共感する。下の句の倒置法表現は改めたい。リズム感が整い説明的でなくなる。

この命惜しくは無いが死に至るまでの過程が怖くてならぬ
（短歌研究　八月号　短研詠草　佳作　高野公彦選）

花霞いや黄砂舞うＯＳＡＫＡの西空明るくなる日曜日
（短歌　八月号　短歌詠草　佳作　坂井修一選）

喜寿の夫アイパーかけし白髪の旋毛の薄くなるは告げない

（歌壇　九月号　読者歌壇　特選　松坂　弘選）

ほのぼのとした内容で、思わず『ご馳走さま』と言いたくなる。この年代になるとアイパーをかけられない人さえいるわけなので、物は考えよう、何時までも仲睦まじくあれ。

にこにこと新しきパズル購入の夫は楽しみ与える心算

（短歌研究　九月号　短研詠草　佳作　高野公彦選）

好物のバナナはお口を突き出してアゥッーと食べる勇ましき子よ

盲腸炎腰椎麻酔のショック死の小さき吾子は解剖受ける

（短歌研究　九月号　新人賞予選通過作品）

栗拾いみんな裸で落ちている毬に入らぬ栗訝る子

（短歌研究　十月号　短研詠草　佐々木幸綱選）

残生に襲い来るやら来ないやら非常食を備う南海トラフに

（歌壇　十一月号　歌壇詠草　特選　松坂　弘選）

東日本大震災の次は南海トラフ地震の発生が予測されるとの報道がしきりなされ、どのように対応するか、不安は尽きない。作者は七十代半ば、願うならば自分の存命中には起きては欲しくないと考えている。しかし備えあれば憂いなし、非常食を備えておられる。これは地震大国日本に住む人たちの宿命的な悩みの様なものである。

沙汰の無き友を案じる熱中夜　茹で上りそうなわたしでもある

（短歌研究　十一月号　短研詠草　佐々木幸綱選）

文月の窓に来る月眺めつつ夜毎就寝時間のずれる

（短歌　十一月号　公募短歌館　佳作　香川ヒサ選）

育休三年わたしの居場所は何処にある機種も機能も組織も変る

（歌壇　十二月号　歌壇詠草　筒井早苗選）

育休は育児休暇の略とある。育児の為に会社の業務を離れていた三年間、その間の変貌は衝撃的であった。二句から三句にかけての生々しい本音は読者に届く。職場への復帰提起とも言える作品である。

木の門に美わしき文字記されて『陽が射せば赤くなる酔芙蓉です』

（現代短歌　十二月号　読者歌壇　佳作　水野昌雄選）

税理士に頼むと言いし夫なれば嫌でも法人申告書を書く

四表と五表検算に戸惑いき息子亡くして職を得し頃

相続税控除減らされ今年中に死ぬ予定無く課税は必至

小学校入学時までは『ボク』と言いき上下兄弟に挟まれていて

（現代短歌　十二月号　一四一ページ　掲載）

入賞の短歌　その七

二〇一四年

二〇一四年

長寿国目出度きことか胃瘻にて意識途絶し生きる老いたち

（現代短歌　一月号　読者歌壇　佳作　水野昌雄選）

死ぬことはどうなるのかと問う吾子の『なぁんだ眠って起きないことだ』

（短歌研究　一月号　短歌研究詠草　佳作　永田和宏選）

お散歩に行っておいでと籠の鳥逃がしてやりし亡き子六歳

（短歌　一月号　題詠『鳥』入賞　中地俊夫選）

原発の廃棄物処理不可能と獅子は鬣振り始めたり

（現代短歌新聞一月号　読者歌壇　入選　橋本俊明選）

（歌壇　三月号　読者歌壇　特選　筒井早苗選）

直面する時事詠である。下句は暗喩になっているが、原発を否定する強い意志を託しているように思われる。激しく否否をするかのように、鬣を振る獅子は作者の化身でもあろう。時事詠は標語に傾きやすいが、下句の転換で決まったとも言えようか。

夢に逢いし亡き子はいつも逝きし歳うしろ姿に靴の紐結ぶ

（現代短歌　二月号　読者歌壇　佳作　水野昌雄選）

聖歌隊アルト足りぬと誘われて神の道説く君に出逢いき

（短歌研究　二月号　短歌研究詠草　佳作　永田和宏選）

辛くても死にはしないと唄いし日辛くなくても死は訪れる

（短歌　二月号　公募短歌館　佳作　久々湊盈子選）

五千万円金とう魔力は恐ろしき正義の味方の堕落を見たり

（現代短歌　三月号　読者歌壇　佳作　水野昌雄選）

百姓一揆の集団反抗に敗れたる農民逃散田を捨て離れる

吾が父祖は異議申し立て島流しお家取り壊しの裁決受ける

元久四巳未五月半ば八十八歳　囹圄の裡に弥次右衛門没す

（現代短歌　三月号　沖　ななも短歌塾　二回目掲載）

命日の墓参は白百合チューリップ黄菊と決めて四十八年

（短歌研究　三月号　短歌研究詠草　佳作　永田和宏選）
（短歌研究　十二月号　二〇一四年総合年刊歌集）

京大の農学部前の小さき木の金色に光る銀杏を見たり

（短歌研究　三月号　短歌研究詠草　佳作　永田和宏選）
（短歌研究　十二月号　二〇一四年総合年刊歌集）

この道は黒谷さんへ続く道曲がりて行かむ吾子待つ墓地に

（短歌研究　三月号　短歌研究詠草　佳作　永田和宏選）

（短歌研究　十二月号　二〇一四年総合年刊歌集）

殺生をするに気力が必要だ活車海老皮剥き握る

（歌壇　四月号　読者歌壇　秀逸　桜井登世子選）

殺生をするにも気力が必要だ撥ねる車海老皮を剥きいる生きている車海老の処理に格闘しているらしい作者。全体に言葉が窮屈なので、助詞を加え作者の所作を判り易くしてみた。正月には主婦が経験することだろう。

喜寿を過ぎ傘寿に至る三年を大事に生きよう昼寝などせず

（現代短歌　四月号　読者歌壇　佳作　水野昌雄選）

『一日位眠らずお絵かきしたいよ』と言いしを叶えてやれず逝きし子

（短歌　四月号　題詠『絵』を詠う　小林幸子選）

一病息災二人は成人病となり目配せしつつアイスを食べる

（短歌研究　四月号　短歌研究詠草　佳作　馬場あき子選）

ハイヒールに拘りし我がプライドは外反拇指となりて残りき

（短歌研究　五月号　短歌研究詠草　佳作　馬場あき子選）

負担額年々重き介護保険使わず逝こうお国の為だ

（短歌五月号　公募短歌館　秀逸　松坂　弘選）
（短歌五月号　公募短歌館　佳作　楠田立身選）

明日こそ片付けようと明日になり又明日こそはと思う老いの日

（現代短歌　五月号　読者歌壇　佳作　橋本喜典選）

白き霧流れる夜の高層階水族館の中に居る吾

（現代短歌新聞　五月号　読者歌壇　佳作　筒井早苗選）

逝きし子に『しっかりしなよ』と夢の中肩を叩かれ目を覚ましたり

（平成二十六年度　三ヶ島葭子短歌会　入選　秋山佐和子選）
（歌壇　六月号　読者歌壇　佳作　大河原惇行選）

姿見せず行き交う電波にロスよりの月下美人の写し絵届く

尖りたる先を差し入れ紙を裂く誰の土産かペーパーナイフ

月光の中に戸建の屋根を見るヴァイオリン弾く男は居らず

『苦髪楽爪』母の口癖思いつつ楽をして伸びし長き爪切る

（現代短歌　六月号　沖ななも短歌塾　三回目掲載）

振られにしルビのようなる妻ならむ老いの暮らしの平和の為に
（現代短歌　六月号　読者歌壇　佳作　橋本喜典選）

長周波三十五階は一メートル以上揺れると脅迫紛いの
（短歌研究　六月号　読者歌壇　佳作　馬場あき子選）

すれ違う人はマスクに手をやりてゴホンと言いぬクリニックの廊下

（短歌　六月号　公募短歌館　秀逸　松坂　弘選）

近年は一年を通してマスクを着用する習慣がひろまっている。杉花粉だけではなく大気の汚染が進んでいるからである。この歌はクリニックの廊下でのスナップショットで、ユーモラス。

高層の窓辺に寄れば亡き吾子が鉄腕アトムとなり舞うが見ゆ

（歌壇　七月号　読者歌壇　特選　桜井登世子選）

わが子への挽歌である。亡き子が『鉄腕アトムとなり舞う』と詠われるところから夭折されたのではないかと思った。手塚治虫作の少年ロボットの活躍、その時代が彷彿とよみがえり、亡きお子さんを重ねて読んだ。

白木蓮咲きし小庭の一戸建て高層ビルの谷間にありき

（短歌研究　七月号　短歌研究詠草　佳作　高野公彦選）

死はそこに近づきているその『距離』を計り切れずに終活進まず

（短歌　七月号　公募短歌館　佳作　春日真木子選）

子や孫の自慢話は風の語と頷くのみのまいまいつぶり

（現代短歌新聞七月号　読者歌壇　一席　筒井早苗選）

まいまいつぶりは蝸牛の別称。螺旋形の殻にたぐえて聞き流す智恵、加えてかすかな批判をにじませる。流れ行く風は話の空疎に繋がり、比喩表現が生かされた作品と言えよう。

『もういいよ』隠れん坊しき半世紀吾子よそろそろ探しに来てよ

（短歌研究　八月号　短歌研究詠草　佳作　高野公彦選）

パース沖南緯四十度捜査する船舶に見る大荒波を

（短歌　八月号　公募短歌館　佳作　春日真木子選）

逆縁の未練断ち切る術知らず吾は地に立つ子は天に待つ

（歌壇　九月号　読者歌壇　特選　米田律子選）

当事者としては大変歌い辛く、また、鎮め難い悲痛に向かい合うことを余儀なくされる一首であろうと思えるが、作品はよく堪えて破綻を見せない。四、五句の、親子の立場の対比が哀切である。

日々夫の向う机の片隅にしかと置かれしヨハネ黙示録

（歌壇　九月号　読者歌壇　佳作　徳山高明選）

プランターに蒔きし豌豆陽を求め蔓伸ばし行く花も咲かせず

（現代短歌　九月号　読者歌壇　佳作　栗木京子選）

豆の成る木造家屋の前栽にジャックは空に登りし気配

もし桃が流れてきても拾うまいもはや子育て無理かも知れず

染み皺も蒲の穂綿に包まればわたしはもとのわたしになれる

またの名を『花咲かぬ爺』と夫を呼ぶ芽の出ぬ事の多き種蒔く

（現代短歌　九月号　沖　ななも短歌塾　第十二回）

相続税の基礎控除四割引き下げに本年中に死なねばならぬ

裏切りを責めなくなりし夫と居て良くして呉れると言われて暮らす

（短歌研究　九月号　新人賞予選通過作品）

姿見せず行き交う電波にロスよりの月下美人の映像届く

（短歌研究　九月号　短研詠草　佳作　高野公彦選）

薄くなりし眉を描けり左右揃えば鼻唄出る心地する

（短歌　九月号　題詠『眉』入賞　松坂　弘選）

今宵バレー明日は歌劇を観るロシア　クロークは獣の臭いを放つ

（短歌　九月号　公募短歌館　秀逸　春日真木子選）

サンタクロース白きガウンに白き髭雪降る夜のレニングラード

（短歌　九月号　公募短歌館　佳作　一ノ関忠人選）

何事にも『有難う』とうかの君のはにかむ様な笑顔を見たい

（現代短歌新聞　九月号　読者歌壇　佳作　筒井早苗選）

君の詠む短歌は標語のようだねとエメラルド婚の夫は嘲る

（歌壇　十月号　読者歌壇　秀逸　米田律子選）

五男五女五女のわたしは独立の心に満ちて母に甘えず

母よ母米寿待たずに逝きし母短歌も詠みたり子も育てたり

（短歌研究　十月号　読者歌壇　佳作　佐々木幸綱選）

いつの間に大きくなりし泣き黒子涙は疾うに涸れ果てたのに

（現代短歌　十月号　読者歌壇　佳作　栗木京子選）

千羽鶴叶いし願いも叶わぬも祈りを込めて折り続けたり

（現代短歌　十一月号　読者歌壇　佳作　栗木京子選）

もうそろそろおねんねしなよと亡き吾子の声を聴きたる二十五時かな

（短歌研究　十一月号　短歌研究詠草　佳作　佐々木幸綱選）

延命は望まぬと常に言いにつつサプリメントの数また増える

（歌壇　十一月号　読者歌壇　特選　徳山高明選）

人間の終末を迎えるに当たっての覚悟と現実との隔離を詠んでいる。現代の医学は植物状態のままの延命を可能にする。作者は精神的にこれを拒否する。だが、健康的な長命を願ってサプリメントの数を増やす。この矛盾する現実を批判することはできまい。

子の逝きし一つの失意あるがため励み得しものすべて虚しき

（歌壇　十一月号　読者歌壇　特選　米田律子選）

右の一首に異をたてることは何も無い。想像の及ぶところではないと知りつつ、その悲哀の深さをしのぶばかりである。ただ、語句に対して思うことは、『あるがため』と言うのは作者の日常のなつかしい言葉だと思うが、少し気になる。仮名で記す言葉は柔らかく。

ゆったりし寄せ来るものと信じたる老いはざんぶ、ざんぶと迫る

（現代短歌新聞　読者歌壇　入賞）

初物は七十五日の長生きを与えると新栗小粒が届く

（現代短歌　十二月号　読者歌壇　佳作　栗木京子選）

どんくさいしんきくさいといわんとき年寄りなんかなりとうないわ

（歌壇　十二月号　読者歌壇　佳作　伊勢方信選）

華麗なる大円舞曲を弾き終えて吾は夕餉の小松菜を煮る

（短歌　十二月号　公募短歌館　佳作　小塩卓哉選）

（短歌　十二月号　公募短歌館　佳作　来嶋靖生選）

入選の短歌　その八

二〇一五年

二〇一五年

ピスタチオどこか銀杏に似たる味殻外す手間愉しみつつ食む

（現代短歌　一月号　読者歌壇　佳作　栗木京子選）

吾子の待つ天国とやらは手土産も要らぬに始末の箍を外そう

（歌壇　一月号　読者歌壇　佳作　伊勢方信選）

ゆったりと寄せ来るものと想いにし老いはざんぶ、ざんぶと迫る

（歌壇　一月号　読者歌壇　佳作　影山美智子選）

されどされど天眼鏡にて解読し検算なして税務署に出す

（短歌研究　一月号　読者歌壇　佳作　永田和宏選）

目の疎き吾には羽音の蚊はどれもヒトスジシマカに思えてならぬ

（短歌　一月号　題詠　入選　島崎栄一選）

あなおかし民が決めると続投の自信ありそでなさそなお方

（現代短歌新聞　一月号　読者歌壇　佳作　金子貞雄選）

喜寿過ぎて落ちこぼれそう高齢者集いの話題子と孫ばかり

（歌壇　二月号　読者歌壇　佳作　影山美智子選）

亡き吾子をいつも背負いている吾の右肩重くなる喜寿の秋

（短歌　二月号　公募短歌館　佳作　米川千賀子選）

五男五女五女のわたしは母よりの遺伝因子の糖尿病貰う

（短歌研究　二月号　短歌研究詠草　佳作　永田和宏選）

もうええねん励まされても励まれへんやる気出るまで放っといてえな

（短歌研究　三月号　短歌研究詠草　佳作　永田和宏選）

励ましも過ぎれば嫌みになることに夫は気づかず叱咤激励
（短歌　四月号　公募短歌館　佳作　安田純生選）
（現代短歌新聞　四月号　読者歌壇　佳作　真鍋正夫選）

励ましの過ぎれば嫌みになることに夫の気づかぬ叱咤激励
（歌壇　四月号　読者歌壇　秀逸　足立敏彦選）
四句は「夫の気付かぬ」として結句に繋ぎたい。『は』は取り立てて強めた言い方にもなる。『嫌味』は、『嫌み』か『いやみ』、に当て字は避けよう。

尼になると思いし遠き日ありしこと忘れはせぬが喜寿を生きたり

遠き日に尼にならむといふ思ひ胸に秘めつつ喜寿を生きたり

（歌壇　四月号　読者歌壇　秀逸　秋山佐和子選）

若い日、尼になりたかった。その思いをわすれないままに喜寿を迎えた。深い感慨に共感する人も多いだろう。字数が整うともっといい。

前の夜パック、マニキュア整えて四十九年目墓参の支度

子に逢える如きときめきさせながら静かな墓地に賛美歌唄う

（短歌研究　四月号　短歌研究詠草　佳作　米川千賀子選）

やっとやっとトルコ・マーチが弾けましたバイエル始めて二十年過ぎ

（短歌　四月号　公募短歌館　佳作　大島史洋選）

厠へも行かず五時間ジグソーに集中したり傘寿迫るに

（短歌研究　五月号　読者歌壇　佳作　米川千嘉子選）

五男五女混雑我が家を避けし吾は浜辺の砂に設計図描く

（短歌　五月号　題詠　入選　楠田立身選）

昨今はみられない規模の大家族の回想

六歳に逝きにし吾子は六歳の言葉で吾を励まし呉れる

（短歌　五月号　読者歌壇　佳作　大島史洋選）
（短歌　五月号　読者歌壇　佳作　古谷智子選）
（短歌　五月号　読者歌壇　佳作　安田純生選）

入賞の短歌　その九

二〇一六年

二〇一六年

鬼の来ぬ内にたんかの出詠を一月一日締切りの朝

（短歌研究　四月号　詠草佳作　米川千賀子選）

八〇二〇自歯維持せむと励みしに傾き始めし前歯一本

（短歌研究　五月号　詠草佳作　米川千賀子選）

スカートの裾持ち花束抱えたるリヤドロ少女よ花は枯れぬか
（短歌研究　六月号　詠草佳作　米川千賀子選）

高層の住まいは街の灯の海に浮かびし小島のごとし
（短歌研究　七月号　詠草佳作　高野公彦選）

椅子に座しペタル漕ぎなるエクササイズ日焼けを防ぎ脚を鍛える

（短歌研究　八月号　詠草佳作　高野公彦選）

「都構想住民選挙」の帰途転倒「右上腕部複雑骨折」

（短歌研究　九月号　詠草佳作　高野公彦選）

人生の華やかなりし三十年住みにし古家手放す寂しさ

人招き食事の支度に励みたるエネルギーいずこ懐かしきかな

老い支度に求めしタワーマンションの七年過ぎて居心地の良し

あれこれと古き道具に未練持つ夫諫める終活宣言

人生の大方の整理済ませたる空虚の中に吾は今居る

（短歌研究　十月号　詠草　準特選　佐々木幸綱選）

「三十年」「七年」等の数詞を出してむ、いわゆる「終活」を、感傷的にならずクールに作品化して詠ませます。せっかくのわが人生をうたうのですから、「あれこれ」「大方」といった概括的な用語を避けて具体的に表現してほしかったと思います。

航空機防禦灯の赤き灯は点となりたり明け行く空に

物欲の失せて幾歳通販の頁折りしを纏めて捨てる

（短歌研究　十一月号　詠草　佐々木幸綱選）

入賞の短歌　その十

二〇一七年

二〇一七年

盲腸の手術腰椎麻酔にて子は召されたり眠るがごとく

霜月に生まれし吾子は霜月に逝きたり吾は霜月を生きる

（短歌研究　二月号　詠草佳作二首　高野公彦選）

退職後自己資金にて始めたる会社を夫はギブアップと言う

（短歌研究　一月号　詠草佳作　高野公彦選）

ポケットに温めし手を夫は出し登り坂ヨイショの吾の手を引く

（短歌研究　三月号　詠草佳作　高野公彦選）

眠られず七十代を惜しむ夜二十四時に消えるハルカスの灯は

ゆったりと寄せ来るものと信じたる老いはざんぶ、ざんぶと迫る

根気良き気性なかなか衰えず夜を徹してするジグソー・パズル

平均寿命超え生きようと言う友ゆ健康維持に届く紀州梅

トランプはアメリカ・ファーストト私は我が身ファーストに切り替えをする

（短歌研究　五月号　詠草　準特選　入賞　米川千賀子選）

作者七十代最後の夜に消えていくあべのハルカスの灯。そのほか、日常的な場面、平明な言葉を使いながら、それぞれの持ち味をよく活かして説得力のある一連。三首目の「なかなか衰えず」にある諧謔味、「我が身ファースト」のかすかな毒も面白い味わいだ。

街灯りすっかり慣れてカーテンを閉めず休める高層住まい

（短歌研究　四月号　詠草佳作　米川千賀子選）

夫殿をかまい過ぎたるこの様にお先に失礼すると決めたり

（短歌研究　六月号　詠草佳作　米川千賀子選）

あとがき

一人息子「信三」を六歳と六日にて不幸にも「医療事故」にて亡くし、専業主婦から税務経理の仕事を持つ生活に変わったのはまだ二十八歳の秋のことであった。子供を亡くした悲しみから立ち直るため、仕事に没頭する生活に邁進することになった。

退職後、「城崎百人一首」に出会い、同時に外国の友人達にも英語短歌を勧め、「城崎百人一首」が私を短歌に熱中させた。

城崎で出会った短歌の友人に導かれ「大阪歌人クラブ」「堺歌人クラブ」「日本歌人クラブ」に入会させて頂き、当初「短歌新聞」に掲載される地方の短歌大会に出詠を始めた。

二〇〇七年に「短歌研究」読者詠草欄に出詠を始め私の短歌生活は一気に熱を持ち、「歌壇」「短歌」と短歌総合誌に投稿することが生き甲斐になった。

「水甕」にも所属を許され、年一度の「大会」にも出席し、毎年出詠する「短歌」も入賞させて頂く結果となった。

「水甕」には三年間御世話になり、自分の生活リズムに合わせるため退会させて頂き、自由な短歌投稿生活の道が整った。

自分のペースで投稿を自由に続け、七十七歳の春、転倒して右肩複雑骨折した一年は投稿を休まざるを得ない時期となった以外は休むことなく投稿を続け、諸選者の先生方の御厚意により沢山の選歌を賜り今日の日を迎えた。

この度、風詠社の社長様の御好意により、どちらかと言うと「花鳥風月」とは縁の遠い、自分の身の周りの出来事に偏った「のぶこ流短歌」ではあるけれど、こうして「あさきゆめみし」として纏めていただける恩恵を賜り喜びに堪えない。

長い年月に亘り「お目通し」賜れた多くの先生方に心からの感謝と御礼を申し上げ、御挨拶に代えさせていただきます。

二〇一七年九月吉日

まえだ のぶこ

まえだ のぶこ

1937年1月13日、大阪市天王寺区で生まれる。
著書に歌集とエッセイ集からなる『たまゆらのえにし』(2005年刊)がある。

歌集 あさきゆめみし

2017年12月7日 第1刷発行

著 者 まえだ のぶこ
発行人 大杉 剛
発行所 株式会社 風詠社
〒553-0001 大阪市福島区海老江5-2-7
ニュー野田阪神ビル4階
TEL 06 (6136) 8657 http://fueisha.com/
発売元 株式会社 星雲社
〒112-0005 東京都文京区水道1-3-30
TEL 03 (3868) 3275
印刷・製本 小野高速印刷株式会社

ISBN978-4-434-23954-0 C0092